LES MARIONNETTES.

IMPRIMERIE E. CAGNIARD

A ROUEN.

Tiré à petit nombre.

LA CHRONIQUE

DES

MARIONNETTES

Sur l'imprimé de

M. DCC. LXV.

LA CHRONIQUE

DES

MARIONNETTES.

Brioché fut le père de *Polichinelle*, non pas son propre
père, mais père de génie.
Le père de *Brioché* était *Guillot-
Gorju*, qui fut fils de *Gilles*, qui
fut fils de *Gros-Réné*, qui tirait son
origine du Prince des sots & de la
Mère sotte ; c'est ainsi que l'écrit
l'auteur de l'Almanach de la Foire.
Mr. *Parfait*, écrivain non moins
digne de foi, donne pour père à
Brioché, Tabarin ; à *Tabarin, Gros-*

Guillaume; à *Gros-Guillaume, Jean Boudin;* mais en remontant toujours au Prince des fots. Si ces deux Hiftoriens fe contredifent, c'eft une preuve de la vérité du fait pour le père *Daniel*, qui les concilie avec une merveilleufe fagacité & qui détruit par-là le pirronifme de l'hiftoire.

Brioché voyant que *Polichinelle* était boſſu par devant & par derrière, lui voulut apprendre à lire & à écrire. *Polichinelle* au bout de deux ans épela aſſez paſſablement, mais il ne put jamais parvenir à ſe ſervir d'une plume. Un des écrivains de ſa vie remarque qu'il eſſaya un jour d'écrire ſon nom, mais que perſonne ne put le lire.

Brioché était fort pauvre ; ſa femme & lui n'avaïent pas de quoi nourrir *Polichinelle*, encore moins de quoi lui faire apprendre un métier. *Polichinelle* leur dit : Mon père & ma mère, je ſuís boſſu & j'ai de la mémoire ; trois ou quatre de mes

amis & moi, nous pouvons établir
des marionnettes; je gagnerai quelque
argent; les hommes ont toujours
aimé les marionnettes; il y a quel-
quefois de la perte à en vendre de
nouvelles, mais auffi il y a de grands
profits.

Mr. & Mad. *Brioché* admirèrent
le bon fens du jeune homme; la
troupe fe forma & elle alla établir
fes petits tréteaux dans une bour-
gade Suiffe, fur le chemin d'Appenzel
à Milan.

C'était juftement dans ce village
que des charlatans d'Orvieto avaient
établi le magafin de leur orviétan.
Ils s'aperçurent qu'infenfiblement la
canaille allait aux marionnettes &
qu'ils vendaient dans le pays la moi-
tié moins de favonnettes & d'on-
guent pour la brûlure. Ils accufèrent
Polichinelle de plufieurs mauvais

déportemens & portèrent leurs plaintes devant le Magiſtrat. La requête diſait que c'était un ivrogne dangereux, qu'un jour il avait donné cent coups de pied dans le ventre en plein marché à des payſans qui vendaient des nèfles.

On prétendit auſſi qu'il avait moleſté un marchand de coqs-d'Inde ; enfin, ils l'accuſèrent d'être ſorcier. Mr. *Parfait,* dans ſon hiſtoire du théâtre, prétend qu'il fut avalé par un crapaud ; mais le père *Daniel* penſe, ou du moins parle autrement. On ne ſait pas ce que devint *Brioché.* Comme il n'était que le père putatif de *Polichinelle,* l'hiſtorien n'a pas jugé à propos de nous dire de ſes nouvelles.

Les compagnons de *Polichi-nelle* réduits à la mendicité, qui était leur état naturel, s'affocièrent avec quelques Bohèmes & coururent de village en village. Ils arrivèrent dans une petite ville & logèrent dans un quatrième étage, où ils fe mirent à compofer des drogues, dont la vente les aida quelque tems à fubfifter. Ils guérirent même de la gale l'épagneul d'une Dame de confidération ; les voifins crièrent au prodige ; mais malgré toute leur induftrie, la troupe ne fit pas fortune.

Ils fe lamentaient de leur obfcurité & de leur mifère, lorfqu'un jour ils entendirent un bruit fur leur tête, comme celui d'une brouette qu'on roule fur le plancher. Ils montèrent au cinquième étage & y trouvèrent un petit homme qui faifait des marionnettes pour fon compte ; il s'appelait le Sr. *Bienfait* ; il avait tout jufte le génie qu'il fallait pour fon art.

On n'entendait pas un mot de ce qu'il difait, mais il avait un galimatias fort convenable & il ne faifait pas mal fes bamboches. Un compagnon qui excellait aufli en galimatias, lui parla ainfi :

Nous croyons que vous êtes destiné à relever nos marionnettes ; car nous avons lu dans *Noftradamus* ces propres paroles, *nelle chi li po rate icfus res fait en bi*, lefquelles prifes à rebours font évidemment, *Bienfait reffufcitera Polichinelle*. Le nôtre a été avalé par un crapaud, mais nous

avons retrouvé fon chapeau, fa boffe
& fa pratique. Vous fournirez le fil
d'archal. Je crois d'ailleurs qu'il vous
fera aifé de lui faire une mouftache
toute femblable à celle qu'il avait &
quand nous ferons unis enfemble, il
eft à croire que nous aurons beaucoup de fuccès. Nous ferons valoir
Polichinelle par *Noftradamus*, &
Noftradamus par *Polichinelle*.

Le Sr. *Bienfait* accepta la propo-
fition. On lui demanda ce qu'il
voulait pour fa peine. Je veux, dit-il,
beaucoup d'honneurs & beaucoup
d'argent. Nous n'avons rien de cela,
dit l'orateur de la troupe, mais avec
le tems on a de tout. Le Sr. *Bien-*
fait fe lia donc avec les Bohèmes &
tous enfemble, allèrent à Milan établir leur théâtre, fous la protection
de Madame *Carminetta*. On afficha
que le même *Polichinelle* qui avait

été mangé par un crapaud du village du canton d'Appenzel, reparaîtrait fur le théâtre de Milan & qu'il danferait avec Madame *Gigogne*. Tous les vendeurs d'orviétan eurent beau s'y oppofer; le Sr. *Bienfait*, qui avait auffi le fecret de l'orviétan, foutint que le fien était le meilleur; il en vendit beaucoup aux femmes qui étaient folles de *Polichinelle* & il devint fi riche qu'il fe mit à la tête de la troupe.

Dès qu'il eut ce qu'il voulait (& ce que tout le monde veut) des honneurs & du bien, il fut très-ingrat envers Madame *Carminetta*. Il acheta une belle maifon vis-à-vis celle de fa bienfaitrice & il trouva le fecret de la faire payer par fes affociés. On ne le vit plus faire fa cour à Madame *Carminetta;* au contraire, il voulut qu'elle vint déjeuner chez

lui & un jour qu'elle daigna y ve-
nir, il lui fit fermer la porte au
nez, &c.

ous avons laiſſé le Sr. *Bien-fait* fort riche & fort inſolent. Il fit tant par ſes menées, qu'il fut reconnu pour entrepreneur d'un grand nombre de marionnettes. Dès qu'il fut revêtu de cette dignité, il fit promener *Polichinelle* dans toutes les villes & afficha que tout le monde ſerait tenu de l'appeler *Monſieur*, ſans quoi il ne jouerait point. C'eſt de là que dans toutes les repréſentations des marionnettes, il ne répond jamais à ſon compère, que quand le compère l'appelle Monſieur *Polichinelle*. Peu à peu *Polichinelle* devint ſi important qu'on ne donna plus aucun ſpectacle ſans lui payer une rétribution comme les Opéras des provinces en payent une à l'Opéra de Paris.

Un jour, un de ſes domeſtiques, receveur des billets & ouvreur de loges, ayant été caſſé aux gages, ſe ſouleva contre *Bienfait* & inſtitua d'autres marionnettes, qui décriè- rent toutes les danſes de Madame *Gigogne* & tous les tours de paſſe- paſſe de *Bienfait*. Il retrancha plus de cinquante ingrédiens qui entraient dans l'orviétan, compoſa le ſien de cinq ou ſix drogues & le vendant beaucoup meilleur marché, il enleva une infinité de pratiques à *Bienfait*, ce qui excita un furieux procès & on ſe battit long-tems à la porte des marionnettes, dans le préau de la foire.

Polichinelle, depuis l'aventure de l'ouvreur de loges, a essuyé bien des disgrâces. Les Anglais, qui sont raisonneurs & sombres, lui ont préféré *Shakespear* mais ailleurs ses farces ont été fort en vogue & sans l'Opéra-comique son théâtre était le premier des théâtres. Il a eu de grandes querelles avec *Scaramouche & Arlequin* & on ne sait pas encore qui l'emportera. Mais...

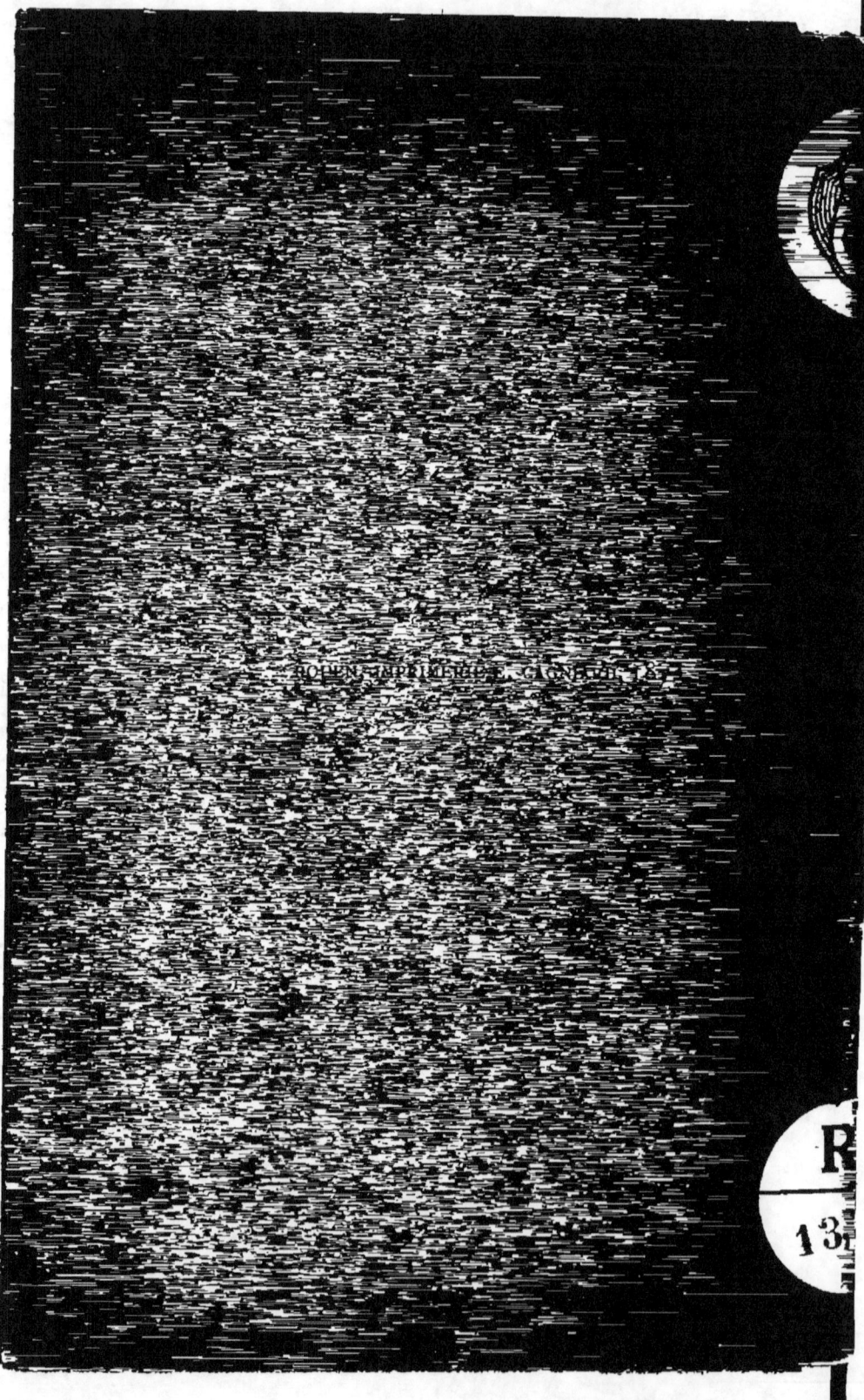

ROUEN, IMPRIMERIE E. CAGNIARD 73